KB071101

이제 우산이 필요할 것 같아

장시우

시인의 말

흐르거나 고이는 시간에 머물며

세상이 흘리는 소리를 주우며 먼 꿈을 걸었다

이 걸음이 닿는 곳이

나에게 향하는 통로라는 것을

나의 바깥이라는 것을 알게 되는 날

지나온 발자국이 세상에 없는 노래가 되고

잘 익은 그림자로 날아오를 수 있기를

2021년 10월 토지에서

장시우

이제 우산이 필요할 것 같아

차례

1부 오래된 포옹처럼

검은 개와 눈이 마주친 순간	11
알바몬 24시	12
사적인 달	14
알 게 뭐야	16
게으름뱅이의 별	18
무수한 틈을 채우는 빛과 어둠	20
무지개처럼 비가 내린다면	22
풀문 서비스	24
서쪽 마녀에게	26
세 방울의 피	28
답은 바람이 알지	30
8월	32
민들레 약국	34
이제 우산이 필요할 것 같아	36

2부 눈을 감으면 더 환해지는

양철지붕에 비 긋는 소리   **41**

어느 날의 지구   **43**

바람의 조각   **46**

봄날이 있다   **48**

일생 한 일   **50**

라디오와 말뚱가리   **52**

죽은 새가 거기 있다면   **54**

바람길   **55**

내가 이 얼굴을 본 적이 있는지   **56**

바람 발자국   **58**

번아웃   **60**

곧 꿈이 올 거니까   **61**

달이 되는 시간   **63**

빌린 집   **65**

3부 너를 묻기 위한 인연

잘 모르겠지만   69

소리가 보이는 방   71

소리를 들이다   73

일요일   74

자발적 자가 격리   76

구겨진 생각   78

꿈을 기억하는 법   79

스노우 볼   82

레인보우 케이크   83

끄라손   85

시월   87

시간을 파는 가게   89

마주침   91

유월   92

아바나, 비 그리고 부에나 비스타 소셜 클럽   94

4부 먼 꿈

아침   99

꿈을 지우는 법   100

생각   102

투명해지는 시간   104

가해자와 피해자   106

11월, 밤 그리고 기차   108

평균적으로 안정적   110

먼 꿈   113

소리에 빛깔이 있다면   114

오래된 시   116

달의 발자국   118

빨리 감기   120

혼자 걷는 길   122

바다 책방   124

가벼워지는 시간   126

해설

슬픔의 침묵과 그것을 넘어서는 법   128
—진기환(문학평론가)

1부
오래된 포옹처럼

검은 개와 눈이 마주친 순간

멀리 개 농장에서 개 짖는 소리가 들린다
발소리만으로 기척을 눈치챈 그들의 날카로운 감각은
인간이 이식한 잔인한 슬픔 같은 것
두려움을 앞지른 막막한 기대 같은 것
데려올 수도 두고 올 수도 없어
죄책감 같은 것이 가슴 언저리를 누른다
멀찍이 보이는 그곳을 다가가지 못하고 돌아서는 길에서
직선을 그으며 하늘을 걸어가는 비행기
허공을 향해 짖어대는 건 다다르지 못한 갈망 같은 것
눅눅해진 저녁이 저만치 있다
돌아오는 발걸음을 따라오는 개 짖는 소리를 털어낸다
왜 아직 거기에 있는 걸까
붉은 노을은

검은 울음이 뚝뚝 떨어진다

알바몬 24시

오늘 저 달은 무력하다
늦은 밤 강남역이
불빛에 무너져 내린다
밤에 취한 거다
하나둘 꺼지는 청춘들
나른하게 바코드를 읽던 포스가
잠시 숨 고르기 하는 사이
창밖으로 발걸음을 재촉하는 다리들
쭈그리고 앉아 바닥을 보다가
고갤 들어 차고 시린 밤의 민낯을 본다
아직 꺼지지 않은 불빛들
우툴두툴한 낯섦을 만진다
어째서인지 슬픔이 만져진다
슬프다는 것 외롭기에 알 수 있는 것
함께 슬퍼한다거나
슬픔을 나눈다는 건 말장난일 뿐
슬픔은 고요히 가라앉는 것이므로
가만히 집중하는 것이므로

혼자가 어울린다

그리하여

오늘 무력한 달의 인사 따윈 받지 않기로 한다

사적인 달*

달을 가지고 다니는 남자가 있었어
그는 너무 외로워서라고 했지
그의 달은 초승달이었는데
끝이 너무 뾰족해서 다칠 것 같다 했더니
그는 달은 사람을 다치게 하지 않는다고 했어
그의 가시가 자꾸 달을 찔러대서
달이 상처투성이라고
무겁지 않냐고 물었더니
달이 자꾸 가벼워져서 걱정이라네
그는 달을 재우기 위해
자장가를 부르곤 했어
날씨가 추워지는데
달을 덮을 이불이 마땅치 않아
숲으로 이불을 구하러 가야 한다고 했어
가끔은 달이 걸으려 하지 않아
달이여 나와 걷자고 설득하는데
그래도 묵묵부답일 때는 안고 가야 하는데
발버둥을 칠까 조심스럽다고

달이 가볍냐고?

그건 불확실해서 그때그때 달라진다고

그런데 말이야

보이는 것과 다르다고 하네

혹시 만져 볼 수 있냐고 물었더니

그건 아주 사적인 거라 불가능하대

달도 혼자만의 거리가 필요하대

아무래도 오늘 밤엔 내 달 찾으러 가야 할까 봐

* 레오니드 티쉬코프의 private moon

알 게 뭐야

기도해 본 적 있니?
일용할 양식을 주십사고…
입에는 레몬을 물고 무릎 꿇고 진지하게
아니 빵을 물어도 괜찮을 거야
난 배가 고프니 먹을 걸 달라고
이 빵은 딱딱하고 거칠어서 맛이 없으니
좀 더 부드럽고 달콤한 빵으로 줄 수 없냐고
이렇게 딱딱한 빵 따위를 주는 신이 어딨냐고
이거 보세요 이걸 사람이 먹으라고 주는 거예요?
저기 저 사람 건 천연발효 탕종 식빵이잖아요
손에 든 갓 짜낸 오렌지 주스도 얼마나 신선해 보이는지
눈이 있다면 제대로 보시고 제 기도 들어주세요
곁에 누군가는 제발 마실 물 좀 달라고
간절하게 처절하게 기도하는데
알 게 뭐예요
타인의 기도는 잘 들리지 않기에
더 큰 목소리로 그 기도를 덮으려고
알 게 뭐야 내가 더 급한데

왜 몰랐을까? 내가 가해자인걸

게으름뱅이의 별

당신은 한 번도 꿈을 꾼 적 없는 별에 있다
별이 당신을 초대하진 않았지만
당신은 그 별에 있다
그 별에서 당신이 하는 일은 종일 하늘을 지켜보는 일
하늘은 늘 그대로인 것 같지만
시시때때로 변한다 당신이 눈치채지 못하게
너무 심심한 당신은 뾰족한 막대기로 하늘을 찔러 보
지만
하늘에서 파란 물 따윈 떨어지지 않는다
당신이 빛이라고 생각한 그것은 빛이 아닐 수도 있다
어디선가 반사된 환영 같은 거니까
어느 날은 당신이 그 빛을 만지며 온종일 놀 수 있다
어린아이처럼 빛을 세심하게 다룬다면
양손에 번갈아 옮길 수도 있지만
손가락 사이로 빛을 흘려 버릴지도
그도 저도 심심해지면 허공에 말을 걸 것이다
이 별은 메아리는커녕 그 어떤 소리도 들리지 않고
그러므로 돌아오는 건 당신 목소리뿐

그런데 이 별 같은 별이 70억 개가 있다고 한다
이 말을 듣는 당신은 어떤 기분일까
당신은 다른 별을 찾아 나설지도 모른다
아니면 그저 하늘만 지켜보고 있을지도
당신은 어떨까
수많은 당신들 가운데 있는 당신은

무수한 틈을 채우는 빛과 어둠

상상이란 그런 거예요
현실과 현실 사이를 채워 줄
부재하지만 있음직한 달콤한 부조리 같은 것,
먹구름을 묶어 배를 움직이는 힘 같은 것
익히 알고 있는 낮과 밤
그 사이에 무수한 틈을 채우는 빛과 어둠
그 사이의 드러나지 않은 틈에 무수히 박힌 장면들,
이를테면 삼거리 일방통행로에서 마주치는 차들 같은
그런 난감함
밤하늘에 떠 있어야 할 별과 달이
바다에서 보채고 있는 어이없음
그걸 보겠다고 망원경으로 하늘을 들여다보는,
몸이 꽉 끼는 투명한 유리집에 갇혀 옴짝달싹 못 하는
그런 일도 대범하게 넘기는
떠나야 할 기차는 그 자리에 머무는데
기차역이 통째로 떠나고 마는
이럴 땐 어떻게 해야 하는지?
그게 당신 상상력에 달려 있다는 거지요

답답해 미칠 것 같은 사무실에서 종이비행기를 접어
폭풍우 치는 바다를 항해할 생각 혹시 해 보지 않으셨
나요?
그다음 일은 운에 맡기고
그저 훌훌 날아오르는 거예요
길은 언젠가 끝이 보이듯
당신 상상도 끝이 있으니까요
당신도 당신을 믿어 보는 건 어때요?
이 이야기를 시작한 것도 그랬지만
이 이야기책을 덮는 건 당신이니까

무지개처럼 비가 내린다면

앗, 비가 내려요
우리 잠깐 빗소리에 귀 기울이기로 해요
8월 아스팔트 위에서
비가 중구난방 떠들어대잖아요
괴성을 내지르며 자동차가 비를 피해 달려가도
아직 못 들은 비가 너무 많으니
눈앞에서 지워지는 소리가 있으니
우리 잠깐 일손을 멈추고
우리 곁을 맴도는 빗소리를 대견하게 바라봐요
빨랫줄에 걸쳐 둔 젖은 이불은 못 본 척하고
비 오는 날 새들은, 매미는
잠자리는 어디로 갈까
운동장에서 혼자 공을 차던 아이는 집으로 뛰어갔을
까
아무도 없는 교실로 들어가 제 책상에 가만히 앉아
있을까
비에 색깔이 있다면 무슨 색이면 좋을까
세상의 신들이 너무 많아 비의 색깔로 다툰다면

그래서 홧김에 저마다 다른 색깔의 비를 내리고
그래서 무지갯빛 비가 내리고
땅 위에서 마구 섞여 버린다면 세상은 온통 까매질까
까매진 세상을 신들은 난처하게 바라보고 있을까
다시 투명한 비를 내려 깨끗이 씻어 내릴까
가끔 쓸데없는 이름을 유쾌하게 불러 봐요
그러다 비가 그치면
젖은 이불을 걷으러 가요
어머, 언제 비가 왔었나 하고,

풀문 서비스*

풀문 서비스입니다. 보름달 교체 시기가 왔네요. 벌써 보름이 지났다니요 지난번 달은 마음에 드셨는지 아, 붉은빛이 과했다고요 마치 레드문처럼…. 그럼 이번 보름달엔 울트라마린을 좀 더할까요 그럼 좀 더 신비해 보일 것 같습니다만 좀 어둡지 않을까 해서요…. 환한 게 좋으시다고요 그럼 금빛을 더해서 제작하겠습니다. 다음 보름달은….

귀 기울여 봐
저벅저벅 밤이 오는 소리가 들려
잎사귀들의 향기가 번지고
어두운 것들이 쳐들어와
완벽한 저녁이잖아
가끔 착각하잖아
길을 잘못 든 건 아닐까 하고
소리를 보지 못하지만 읽을 수 있으니
너의 흐름을 바꿔 봐
뜻밖의 것일 수 있어

누군가 달을 가져와

낡은 달을 떼고 새 달로 바꿔 거네

오늘은 풀문이야

제대로 달을 매달았으니

이제 음악을 보여 주세요

멋진 곡으로요

내일 아침에는 죽음을 떠올릴 테니

빛을 거느리게 해 주세요

지금은 떠나지 않을 테니

달이 드러눕자

달을 삼키는 고양이

오래 가지고 놀지 그랬어

달을 삼킨 고양이는 볼록한 배 쓰다듬으며

포만감을 되새긴다

아직 이른 새벽인데

그런데 저 구멍 뭐로 메우지

도무지 생각이 흐르지 않아

최선을 다해 어지러워하는 중이야

*에릭 요한슨의 사진

서쪽 마녀에게

서쪽으로 이어진 산길을 걸었어
자작나무 숲을 지나 낙엽송을 지나쳐
숲으로 더 깊은 숲으로
푸른 이파리가 몸을 흔드는 나무들이
그 나무들이 둘러싼 집이 있었어
이건 헨젤과 그레텔?
과자집이 아니잖아
누군가 부수고 간 건지 문짝은 떨어져 있었는데
마치 나를 기다리고 있었다는 듯
알록달록한 갈런드가 펼쳐져 있었어
오렌지빛 전구가 달콤하게 켜져 있었지
누군가 읽다 간 걸까
풀밭에는 책이 펼쳐져 있었고
발자국은 남아 있지 않았어
불길한 그림자들 어둠을 날며 울었고
숲은 밤을 향해 가고 있었지
나는 주춤주춤 집을 향해 걸어가
책장에서 빨간색 책을 뽑아 펼쳤으나

읽을 수가 없었어
한 번도 발각된 적 없는 내 치부
꾹꾹 눌러 묻어 둔 어느 날의 일기
책을 덮으니 새 울음이 새어 나왔어
하늘은 환했으나 어두웠고
길은 있으나 지워져
나는 사라지지 못하고
남아 있는 꿈에서 빠져나오지 못했어
나는 마음을 얻는 주문도
심장을 뽑아 버릴 힘도 없으므로
누군가 흔들어 이 잠에서 깨워 줬으면
에메랄드 캐슬로 가는 길이라도 알려 줄래
착한 서쪽 마녀야!

세 방울의 피

깰 수 없는 약속, 금기, 출입 금지
심장 고통 피 압류 딱지 루비 경고
장미 땅속의 피 마크 로스코
차크라 권력 힘 정열 태양 로마 황제의,
신성한 빛의 색 프르프라 purpra
교황의 망토 연지벌레 알 그리스도의 힘
성스럽고 천박한, 태양의 영광, 욕망
레드 카펫, 관능, 로마의 영광, 악마적, 붉은 죄
퇴폐적, 환락, 홍등가, 성욕, 그리고 붉은 달
되살아남 영원
백설공주, 마녀, 사과… 유혹 그리고 입술
소녀에서 처녀로 그리고 카르멘
깨어나는 욕망, 쾌락 그리고 자유
겨우 극복한 레드 콤플렉스
불안한 뭉크
빨간 망토야, 어디 가니?
붉은 포도주와 빵을 들고
저 들판에 예쁘게 핀 빨간 꽃을 꺾어 가렴

저런, 늑대 입가에 묻은 저 피는
빨갛게 물들인 발, 피에 물든 붉은 발
빨강 구두를 신은 할머니는 어디로 갔을까
멈출 수 없는 춤,
쌓이는 눈,
눈 위에 떨어진 한 쌍의 발
그리고 저 세 방울의 피

답은 바람이 알지

아무도 없는 공중전화 부스에 불이 켜지고
불이 어떻게 켜지는지
한참 지켜보던 보더콜리 한 마리가
골똘하게 전신주를 잇는 직선을 본다
불빛은 멀리서 전선을 타고 왔는데
그 시작은 몇백 킬로미터는 족히 떨어진 곳일걸
그러니 힘껏 밀어내지 마

가끔 전구가 둥둥 떠 있는 꿈을 꾸기도 하지만
잠은 어둠을 좋아하지
누군가 턴테이블에 밥 딜런의 노래를 올렸나 봐
오래된 포옹처럼
노래가 저물어 가네
아, 바다에서 시작된 걸까
이 노래는
누군가 겨울을 연주하네
피아노가 얼어서 음표들이 뚝뚝 떨어져
그러니 외투를 준비해 줄래?

낮이 하늘에 떠 있는 동안
밤이 바닥으로 곤두박질치네
누군가 땅을 파내 구하지 않으면
밤은 영영 떠오르지 않을지 몰라
빛에 가려서
저것 봐 바닥이 빛나지 않니?

어쩌면 좋아 에스컬레이터를 타고 올라왔더니
숲이라니,
깜깜한 숲이라니

달은 대체 어디로 간 걸까?

8월
—알람브라 궁전의 추억

황금빛 눈을 가진 검은 고양이 한 마리가
사이프러스 나무 아래서 길게 몸을 늘이며 기지개 켜
는 걸 보았어

파란 말을 본 적 있니?
알바이신 집시 마을에서 붉은 드레스를 입은 여자가
물었어
사이프러스 나무 아래서 곰곰이 생각했어
언젠가 알람브라에서 봤을지 모르겠다고 말했지

내 파란 말을 돌려주겠니?
여자는 울먹이며 말했어
나는 주머니를 뒤져 코끼리를 꺼내 줬어
여자는 코끼리를 끌고 마을로 돌아갔어

푸른 드레스를 입은 여자가 다가와 오렌지를 건넸어
곧 오렌지 축제가 있을 거라 말했지
오렌지 나무 정원에서 오카리나 부는 남자가 기다린

다고 했어
　거긴 코르도바, 코르도바에 가면 다시 돌아오지 못할
거라고
　여자는 오렌지 향기를 날리며 마을로 돌아갔어

　기타를 멘 한 남자가 물었어
　내 무용수를 봤냐고
　그는 이렇게 뜨거운 한낮에는 좀 어지러우니 춤을 춰
야 한다고 했어
　고양이를 닮은 무용수를 찾는다고 했지
　어딘가 꼬리를 감추고 꼭꼭 숨어 있을 거라며
　이렇게 걷고 걸어도 찾을 수 없다며
　남자는 중얼거렸어

　사이프러스 나무 아래 황금빛 눈을 가진 검은 고양이
를 봤다고
　나는 말할 수 없었어

민들레 약국

민들레가 물었다

오늘 슬픔을 주문하셨나요?

아니요 상실을 주문했는데요
슬픔은 아꼈다 주문할 생각이어서요

미안합니다만 오늘 상실은 매진이라서요
대신 덧없음은 어떠실지요

차라리 우울을 주세요

우울은 극약이라 처방전이 필요하답니다
사람들이 무분별하게 과음을 해 버려서요

침묵은 조금 남아 있으니 이건 어떠신가요
길항작용이 있어 좀 그런가요?
신중한 생각과 같이 복용하시면 그다지 나쁘지 않을

거예요

　그러나 오래 복용하면 내성이 생겨 점점 힘들어질 거
예요

　바람 부는 날은 환자가 많아서 약이 빨리 떨어져요

　햇살이 모자라서 더 만들 수도 없고요

　새소리 물소리 바람 소리를 골고루 배합해야 하는데

　바람 소리만 쏟아져 들어가 버리니까 힘들어요

　아 빗소리도 넣어야 하는데 요즘 비가 안 와서요

　지난겨울 모아 둔 눈 내리는 소리를 좀 녹여서 써야 할
까 봐요

　이상하죠? 소리로 감정을 만든다니

　오늘 같은 날은 공허도 좋겠네요

　복용법만 잘 지키면 아무런 문제가 없을 거예요

　저 민들레는 제 몸을 가루로 만들고 있네요

이제 우산이 필요할 것 같아

이유 없이 눈물 흘리는 일은
민망한 일인가 봐
벚꽃 지는 걸 지켜보는 건 슬픈 일이었다고
너는 말하지
갑자기 쏟아지는 비처럼
예상 못 한 일이니까
알고 있잖아
곧 지는 때라는 걸
우린 내일에 대해 말하진 않았지만
양철지붕을 두드리는 비는 꽤 오래도록 계속 내리고
너는 귀 기울이고 있다 말했어
왜 그러냐고 물었을 때
비가 자꾸 말을 거는 것 같아서라고
이해해야 할까 비의 말을
무슨 말이든 해 보라고 하지만
서로 어긋난 방식으로 이해할 수 있을까
아무렇지 않은 척 빈말을 해대지만
너에겐 들리지 않고

빗소리들 물장구치고 있겠지
너는 말하지
이제 우산이 필요할 것 같아
나는 슬그머니 우산을 접고……

2부

눈을 감으면 더 환해지는

양철지붕에 비 긋는 소리

따뜻한 그늘이 보이지 않는 오늘은
비 내리는 봄,
아무도 눈치채지 못한 계절,
양철지붕에 비 긋는 소리 듣는
낯익은 듯 낯선 저녁
귀 기울이다 익숙해진 소리들 사이
벽을 넘어온 보일러 소리가 방을 흔든다
혈관에 피가 도는 소리 같은 거
기척을 보낸다는 것
살아 있다는 고백 같은 것
잠잠해진 가습기를 건드린다
기다렸다는 듯 물방울을 뿜는다
너도 살아 있구나
라디오 전원을 넣고 볼륨을 올린다
어댑터와 규칙적이거나 불규칙하게 엉킨 전선을 타고
사람이 오고 음악이 흐르고
숨어 있던 소리들 쏟아진다
라디오 속에 살던 사람들이 궁금했던 때가 있었다

그 사람들, 어느 과거에서 둥둥 떠다니겠지
딸! 깍! 전등을 켜자 눈을 뜨는 방
어느 선을 타고 건너온 걸까 저 빛은,
허공을 떠다니는 미세한 물방울을 헤아린다
자꾸 감기는 눈꺼풀은
저 축축한 빗소리 때문일 거야
눈 뜨면 나는 거기 있을 거야

어느 날의 지구

자발적 감금 같은 자가 격리 한 달
코로나 19호는 증오를 먹고 전 지구적으로 번지는 중
그래도 지구는 시니컬하게 잘 돌고 돌고 돈다
그런데
당신은 어떤 그늘을 선호하세요?
간헐적 기계음은 무생물의 존재 선언 같은 것일까
삼월 봄밤,
밤은 깊어 깊어 자꾸 깊어 가는데
시계 소리만 착착 들리다가
문득 와앙 하고 울음 터트리는 소리
상상 속에선 온갖 것들이 한꺼번에 달려드는데
어떤 상상을 하세요? 고래 배 속 같은 방에서
우렁우렁 들려오는 보일러 소리 같은 거랄까
뒷산에서 들려오는 산이 숨 쉬는 소리 같은 것이랄까
산 그림자가 성큼 달려오는 것을 봐 버렸으니
익숙한 것들을 데려온 낯선 곳에선
의지가 되는 것은 뭘까
나로 살기 위해 데리고 온 것들은 침묵으로 곁을 지킨

다
　　자정이 일 분 남았으니
　　드디어 자는 척이라도 해야 하는 것일까
　　어느 날 착륙해 버린 지구에서 난 늘 그랬으니까
　　당신은 어느 별에서 온 빛일까
　　내가 바람은 버리고 구름만 데려왔던가
　　어둠은 버리고 빛만 훔쳐 온 걸까
　　어디선가 밤이 빛나고 별은 점점 어두워지고 있다는
걸
　　지구는 알까
　　눈을 감으면 더 환해지는 눈꺼풀
　　인제 그만 눈을 떠도 될까 난 술래가 아닌데
　　슬그머니 외로워지니까 이제 그만둘래
　　어린 왕자는 지금 어디서 나를 기다릴까
　　멋진 신세계에서 나를 반길까
　　생각은 늘 빠르게 달아난다
　　달아나는 생각을 잡으러 쫓아가지만
　　어쩐지 늘 한 발짝 늦고 말아

당신은 꿈을 꿔 본 적이 있을까
어린 왕자가 말을 걸어
밤새 뭔갈 찾아 헤매는 꿈을 꿨어
대기마저 무거워서 나는 입을 열 수도 없는걸
밤이 걷히고 새벽이 오는 길목에
길을 떠나는 검은 무리를 보았어
나는 어디로 가는 걸까

바람의 조각

산에서 내려온 바람이 등을 떠민다
뭉글뭉글 부드러운 그러나 단호한 손길,
내가 봐선 안 될 것이 있나
내가 돌아보면 안 될 일이 있나

길 위에서 말라 가는 들쥐
모퉁이를 돌아 몇 발짝 더 걸으니
더 작은 새끼 들쥐 사체가

간밤에 일들을 나는 모른다
아니 그 전날 일도 나는 모른다

산 아래 마을에선 매화가 망울을 터트리고
영문도 모르고 개가 짖는다
논둑에 걸터앉은 바람이 키 작은 꽃들을 깨우고
스스럼없이 일어선 꽃의 한낮
꽃이라 부르는 것들에게선 비릿한 향기가 난다
향기는 바람의 양식,

야금야금 향기를 삼키고 일어서는 투명한 뒷모습

그 바람을 열고 보니
깨어진 조각들 한 사람의 조각들이
끼어들 틈이 없는
바람이라고 부른 것들의 조각들이
흩. 어. 진. 다.

봄날이 있다

녹슨 드럼통이 키우는 개구리알
언제부터였을까
버려진 것이 잊힌 것을 키우기 시작한 때가
어디든 갈 수 있다는 물소리는
거친 바람 소리에 지워진다
대숲에선 바람이 바람을 문지른다
높게 힘차게 나는 매는 무엇을 본 걸까
개 짖는 소리들, 갓 태어난 강아지들은 우는 법을 모
른다
허물어지는 담벼락
누군가 떠난 집이 정지된 시간을 되돌리는 법을 배운
다
무너지는 집
어떤 죽음은 드러나지 않고 숨겨지는 법
나는 그를 모른다
그가 나를 알지 못하듯
떠도는 이야기는 새롭게 그를 빚는다 객관적으로
속 채울 알맹이를 채우지 못해

이 허수아비는 없었던 일로,
오늘도 잠재우지 못한 바람이 문을 연다
라디오는 들어 본 적 없는 노래를 부른다
그런데 이런 이야기를 막 해도 되나
이런, 대숲 바람 소리가 문 앞까지 따라왔네
들려줄 이야기가 아직 남은 듯

고양이 울음이 날쌘 봄날이 있다

일생 한 일

개구리가 알을 슬고 간 무논
영문도 모르고 알에서 깬 올챙이는
고여 있는 물속에서 헤엄치는 일이 전부인 양
대책 없이 꼬리를 흔든다

웅덩이를 살아가는 그들은
아직 성년이 되지 못해
폴짝 뛰어넘지 못한다
봄볕에 말라 버린 무논이
그들의 선택지는 아니었는데
날개를 달아 준 것도 아니기에

어쩌다 놓인
말라 가는 논에서 몸부림치다 말라 가는 일이
태어나서 한 일의 전부
뜨거운 햇볕 아래
벌거벗은 몸으로 몸부림치는 일이
넘을 수 없는 벽 앞에서

끝과 시작에 절망한 일이 전부

그리하여 어느 날
흔적이 소리 없이 지워지는 일
벗어나려 꼬리를 파닥이는 일
그것이 일생 한 일

라디오와 말똥가리

말똥가리가 떴다
작은 것은 숨겨라
다 숨겨라
작은 새, 닭, 강아지도
올챙이도 소금쟁이도 숨겨라
꼭꼭 숨겨라
작고 여린 것들,
아슬하게 살아가는 것들
혼자 일어서지 못하고 비척이는 것들
꼭꼭 숨겨라
아무도 찾지 못하게
숨고 숨었다가
일어설 수 있을 때
걸을 수 있을 때
저 혼자 걸어 나올 수 있게
개 짖는 소리가 돌림노래로 퍼진다
고요가 쨍그랑 깨지는 소리
누가 왔나

깨진 어둠 틈으로
소리들 끼어든다
어둠이라 부르는 것은 틈이 많아
무수한 것들이 끼어 있다

죽은 새가 거기 있다면

　말뚝에 묶인 개가 컹컹 짖었다 개 짖는 소리에 대숲의 새들이 일제히 날아올랐다 바람은 그 대지를 일으키고 들녘으로 달려갔다 어떤 바람이든 좋았다 뿌리까지 흔들어 준다면 빈 들 불길이어도 좋았다 건너편 숲에선 바람이 나무를 채찍질하고 숲은 짐승 소리를 냈다 대체 바람의 땅은 얼마나 넓은 걸까 유리창 밖에 죽은 새가 떨어져 있었다 유리창 때문인지 바람 때문인지 의견은 분분했고 누군가는 라디오를 켰고 누군가는 비밀과 거짓말을 묻으러 갔다 이럴 땐 꿈속을 걷는 것도 좋았다 미친 바람 소리가 그치지 않는다면 죽은 새가 거기 있다면

바람길

바람길에 집을 지으면 안 된다고 했다 어떤 사람은 바람길에 집을 앉히는 바람에 바람을 맞아 죽었다고 죽을 운세에 집을 짓는다고 했다 견디기 힘들었을 거다 집도 사람도 바람길을 걷는다 온몸으로 바람을 맞으며 바람이 옷을 벗기고 말간 햇볕은 머리를 뜨겁게 달군다 이 무슨 이솝 동화냐고 투덜대며 걷는다 머리채를 흔드는 바람에 나무가 몸을 휘청인다 가시넝쿨만 남은 찔레나무에 새순이 올랐다 논 가장자리엔 개구리알이 어느새 올챙이가 되어 까만 꼬리를 흔들며 헤엄친다 개구리는 어디에 집을 지을까

내가 이 얼굴을 본 적이 있는지

오늘은 비가 내리고
음악은 내 머리 위에 앉아 낯빛을 살핀다
한 번도 본 적 없는 얼굴이 둥실 떠오른다
내가 이 얼굴을 본 적이 있는지
끼어들 수 없는 이야기에 끼어든 낯선 얼굴이 있다

멋진 밤이니 촛불을 켜고
인터뷰를 진행해도 되겠습니까
당신은 어쩌자고 비 오는 밤 한 번도 본 적 없는 표정
으로
거울에 떠올랐습니까

당신은 어디에서 왔을까
어떻게 당신과 당신 주위의 것들을 데려왔을까
빗소리가 부풀어 오르자
당신은 지워지고
플루트에 숨 불어 넣는 소리가 들린다
악보 어디쯤 쉼표로 있는 걸까

그런데 이 곡의 제목은 뭐라구요
덜컹대는 음표 사이 큰 숨을 불어 넣는
저 쉼표는 어떻게 그려 넣어야 할까

어쩌다 보니 낯선 일투성이다
내 고양이가 밥 달라고 깨우지 않은 일도
수탉 울음소리에 화들짝 놀라 잠을 깨는 일도
잠결에도 더듬어 보는
내 고양이는 어디 갔을까

바람 발자국

내일은 태풍이 올 거래 오늘 이 고요와 햇살이 거짓말 같은 짐승의 울음 닮은 바람이 저 숲에서 올 거래 나뭇가지는 부러지고 어린나무들은 쓰러질 거래 그러곤 여리고 가벼운 것들을 데리고 갈 거래 저 모퉁이 너머로 해맑은 표정으로 하늘을 올려다보는 저 민들레, 꽃다지, 봄까치는 납작 엎드려 부들거리겠지 누구도 본 적 없는 센 바람이라는데 순진무구한 저 흰나비를 어쩌면 좋아

그때가 좋았다고 했다 내가 아무것도 아니었을 때 나도 나를 몰랐을 때 그리하여 그곳이 있었다는 것도 몰랐을 때 내가 본 그곳은 폐허 나무는 잎을 달지 못했고 꽃 피우지 못한 꽃들을 무성한 넝쿨이 칭칭 감았고 입을 가린 사람들은 종종걸음으로 그곳을 떠나고 있었다 그땐 여기가 좋았다고 암울한 이곳이 어디선가 아이들 노래가 들려왔다 아이들은 배운 적 없는 노래를 부르고 있었다 정적 속에 노래가 끼어드는 일은 흔한 일이 아니다 아이들의 노래는 정적을 통째로 깨 버렸다

기둥이 무너졌다 온갖 것들을 떠받치고 있던 세계라
고 부르던 것들이 무너졌다 사람들은 비틀거리기 시작
했다

번아웃

창으로 날아온 새가 몇 번씩
머리를 찧고 어리둥절해하거나
기절하거나
숨을 놓는다
전력 질주로 날아온 것들이다
햇볕에 반사된 빛,
찰나의 황홀 같은 뜨겁고 환한 그것,
그 무엇을 보고
한생을 쏟아부은 새를
몇 번이고 묻으러 간 여자는
돌이킬 수 없는 꿈을 희망을 삶을
묻고 껍질만 돌아온다
햇볕 잘 드는 부드러운 땅에
여자를 잘 묻고
껍질이 된 여자는 의자에 앉아 햇볕으로
저를 다시 채운다
바람 햇빛 공기 들로 채운
여자가 부풀어 오른다

곧 꿈이 올 거니까

나무 끝에서 소문이 열렸어
바람이 불어서 그런 거야
아침은 생각 없이 스쳐 가고
누군가 인사를 해
보일 법도 한데 숨어 버린 발자국은
바람이 불어서 사라진 거야
고양이가 쓱 지나가는 것 봤는데
모퉁이를 따라가 보니 그저 햇빛만 무성하더라
얘, 어디 숨었니
길 위에 죽은 쥐가 납작해져 있었어
다시 보니 나뭇잎이었어
가끔 하는 걸 착각이라고 해
앗, 또 바람이 돌아 나가네
저 이야기는 대체 어디서 흘러온 걸까
이의 있어요
그건 노래예요 이야기가 아니란 말이죠
저기요 저 산과 하늘 사이는 왜 붉어요
다 깜깜한데

곧 꿈이 올 거니까
봄에 쓴 글을 가을에 읽으면
봄이 느껴질까
저 아래 남쪽엔 아직 파란 이파리가 남았을 텐데
여긴 얼음이 얼었더라
살얼음 아래 물이 고여 있고
그 옆에 나란히 선 발자국
괜찮아!
곧 봄이 올 거니까

달이 되는 시간

반달이다 오늘은
푸른 밤빛이 짙어 갈수록
별이며 달은 더 빛이 난다
일그러진 달이 저를 쪼개 빛을 나눈다
서글프다는 건 그런 거다
완전하지 못한 것들이,
불안한 것들이 분투할 때
자꾸 마음은 기운다
오늘 달이 그렇다
조각난 달빛이
떨어진 목련 꽃잎에
깨진 달항아리 조각에
불 꺼진 가마에
그을음으로 스며든다
무심한 달빛,
달항아리를 어루만지는 손길이 도공을 닮았다
도공이 달항아리를 빚듯
달은 저를 공글리고

깨진 저를 보듬는다
흉터가 깊은 사람이 사람을 껴안는 법,
상처 위에 새살이 차오르듯
달빛이 달항아리에 스민다

달이 무구하게 저를 채운다

빌린 집

익숙해진 풍경을 떠나는 일은
나의 일부를 조금 잘라 두고 가는 기분
어쩐지 돌려받지 못할 것 같은 조각을 두고
자꾸 뒤돌아보게 되는 건
입 안에 남은 뒷맛을 천천히 삼키는 일 같은 것이어서
길 위에 나를 가만히 올려 두고 기다린다
남기고 가는 풍경이란
일상이었지만 곧 비일상이 될
오래된 돌담, 돌담 기와 위에 돌이끼,
돌담 틈 사이 별꽃
그리고 오래 묵은 시간들
그 위에 내려앉은 봄 햇살이 서툴게 나누는 웃음으로
사방은 환한데
서툴러서 미처 닿지 못한 구석마저 예뻐 보이는
유순한 사람들이 땅을 매만지는
작은 시골 마을 풍경들
고샅길을 걸어도 사람 하나 마주치지 못하는
한적하고 쓸쓸한 동네

저물녘엔 뒷짐 진 한 노인 마주칠까 얼쩡거리게 되는
동그랗고 따뜻한 마을
가끔 순한 눈빛을 한 누렁이가 컹컹 짖다가
눈이 딱 마주치면 꼬리 내리는 그런 마을
오래 산 느티나무 두 그루 거친 몸으로 새순을 달고
흐뭇해하는 볕 좋은 마을
허공에 안녕하세요라고 인사해도 좋은
혼자 타박타박 걸어도 외롭지 않은
담… 양…

3부

너를 묻기 위한 인연

잘 모르겠지만

8월의 아스팔트 위를 맨발로 걸어온
당신은 뜨거워져서
차가운 말을 내뱉기 시작한다
당신의 서슬 퍼런 최대치 분노에
잘 알지 못하는 누군가를 향한 비난에
나는 홍시처럼 익어 가고
침묵은
쉴 새 없이 움직이는
당신의 입술 위에
가만히 발라 두고 싶은 꿀
할짝할짝 당신이 입술을 다 핥을 때까지
나는 당신을 지그시 바라보리라
당신이 길게 그 여운을 곱씹을 때
당신이 잊은 말을 감추어 두리라
때로 잊는 것이
때로 못다 한 말을 남기는 것이
삼킨 줄 모르고 삼킨 것이
더 서늘한 끝이라고

그러곤
얼음물이 담긴 눈물 흘리는 유리잔을 내밀까 하고

소리가 보이는 방

창을 열자 바람이 차다 열린 문으로 새소리가 거침없
이 들어온다 살갗을 파고드는 바람이 소름을 깨우고 소
리들 거침없이 허공을 깨운다 보일러 소리 라디오 소리
자동차 소리 이 소리들은 얼마 동안 날아온 걸까 그리고
얼마나 멀리 날아갈까 어디선가 담배 냄새가 끼어든다
담배 냄새는 자잘한 냄새를 삼키고 배회하듯 머물다 날
아간다 아직은 바람이 차다 창을 닫는다

빛을 감추면 소리가 드러난다 어디서 숨어 있던 소리
인지 불쑥불쑥 튀어나와 허공을 채운다 납작 엎드려 있
던 천장에 매달려 있던 문고리를 잡고 있던 라디오 뒤에
숨어 있던 문밖에서 호시탐탐 노리고 있던 창문에 붙어
있던 기어 다니던 심지어 떨어지던 물방울 소리도 스멀
스멀 사각사각 책벌레 책 갉는 소리도 허공이 모자라면
어쩌나 아무렇게나 펼쳐진 것들을 착착 접어 여백을 만
든다 소리들이 착지하기 쉽도록 안식할 수 있도록 먼지
떨어지는 소리, 바람이 걸어 들어오는 소리 벽 너머 누군
가 숨 쉬는 소리 촛불 타는 소리 전등에 불 켜지는 소리

빛이 채워지자 소리들 슬금슬금 사라진다

소리를 들이다

나는 고요를 들였으나
창으로 넘어 들어오는 건 소리뿐이다
좀처럼 나갈 생각이 없는 듯 방 안을 배회한다
당혹스럽지만
허공 한 평 내어 준다
라디오를 켠다
주파수를 맞추며
쓸 만한 소리를 골라내 보지만
못 고른 소리들 너무 많아서 잡음만 보탠다
이윽고 몇 개의 음계가 가만히 건너오고
눈앞에 펼쳐진 그늘
허락도 없이 방 안으로 들이친다
빗줄기 같은 몇 겹의 소리들,
떨어져 나온 몇 가닥 소리들
소리들 주워 담는다
소리들이 자꾸 어두워진다
별수 없다며
노숙하는 소리들

일요일

스쳐 가는 걱정 하나 없는 바람을
그저 지켜보긴 그만인 날,
잠시 빌려 쓰는 방에서
덤으로 얻은 사치스러운 고요
창문으로 자유롭게 드나들 수 있는 건
바람과 소리들뿐이다

열어 둔 창문으로
들이치는 새소리
오늘은 뜨거운 합창이다
경쾌함을 넘어선 듣기 좋은 소음
저 노래는 살기 위한 노래일까
경고를 위한 노래일까
먹기 위해서
혹은 먹히지 않기 위해서 부르는
소리를 들이기 위해
열리지 않는 창문도 활짝 열었다

그랬으면 좋겠다
살아남고 싶은 세상의 모든 것들의
비명이 숨어들 곳이 있다면
그 절망 몇 개쯤은 몰래 감춰 줄 수 있다면
열리지 않는 창문 몇 개 뜯어낼지도

그 문을 닫지 않는다면
새소리는 계속 들릴 것이다

자발적 자가 격리

누구세요?

아무도 없는데 문 두드리는 소리가 들린다

지나가던 비, 바람 같은 것이

슬쩍 왔다 간다고 기척을 남기고 가는 것일지도

당신은 문은 꼭꼭 닫아걸었고

누군가 문을 두드리면

작은 렌즈로 왜곡된 불안을 확인한다

웅크리고 앉아 손톱을 물어뜯거나

소심하게 라디오 스위치를 on으로

볼륨은 최대한 낮춘다

여전히 비는 내리고

오갈 사람 없는 바람 부는 밤인데

누군가 문을 두드린다

누구세요?

바깥엔 아무도 없는데 문을 두드린다

낯선 이와 잠시 스친 불운이 무서웠던

당신은 불신이 깊어졌고

당신의 기쁨과 슬픔은

다른 시간 다른 세상 일이 되었다
당신은 아직 집을 나서지 못하고
보이는 것만 믿는 사람이 되었다
당신에게 유리창은 없어지고 견고한 비밀만 늘었다
누구세요?
문 앞에서 문을 열지 못하고
당신은 안과 밖을 고민한다
고민만 한다

구겨진 생각

오늘 구겨진 생각은 얼마나 될까
의미 없이 스쳐 지나가는 생각 말고
생각과 생각 틈을 헤집고 들어왔다 지나가 버리는
딴생각 말고
무의식을 파고들어 와
잠시 중요한 생각인 양 착각하게 하는 그런 생각 말고
이를테면 열심히 적어 가다 이건 아니지 하고
구겨 버린 제법 쓸 만하지만
쓰지 않는 쪽이거나 버리는 쪽이거나
뭐 그런 제법 그럴싸한 생각들 말이지
쌓이고 쌓여 쓰레기통을 가득 채우는 그런
제법 쓸 만하거나 쓸 뻔하거나
그래서 버리긴 좀 아깝다고 생각한 생각 말이야
그런데 그런 생각들은 나비 같아서
금방 날아가 버려
손에 잡히지도 않는걸
내가 구겨 버린 생각인데 말이야
미완성인 채 딱딱하게 굳은 주제에

꿈을 기억하는 법

자정이 다가오고 있어
꿈이 목적이야
꿈 지상주의자들은 꿈을 가장 중요하게 여긴다지
나 잠에서 깨어 꿈틀거리며
꿈이란 무엇일까 고민하지
요즘은 꿈이 제대로 꿔지지 않아
내면의 고요함 따윈 언제 적이었나 몰라
쫓기듯 숙제 못 한 아이처럼
밤새 끙끙 앓으며 이게 맞는 건가 묻기도 해
이렇게 사는 걸까
이것이 맞는 걸까
답은 없어
그게 미치게 하는 거지
보채는 아기처럼 떼놓을 수 없는
밤은 낮고 무겁고 깊은 온도
밤은 왜 파랗게 왔다가 검어지는 걸까
시간이 스위치를 켜면
빛나는 것들이 더 반짝이게 하는 밤

외로운 것들을 더 외롭게 하는 밤

순진한 것들이 더 순진한 척하게 하는

밤은 왜 슬픈 것들에게 더 절실할까

어둠을 파헤쳐 빛을 얻을 수 있다면

지구의 내핵까지 파고 들어갈

힘없는 것들이 땅을 파고들지만

제 둘레만 붉게 물들이고 마는 것

알고 보니 허공에 대고 한 헛발질이었다는 것

아직도 허공을 파는 사람이 있다는 것

알면서 멈출 수 없다는 것

다가오는 어둠에 대고 큰소리치는 사람은

유리창을 향해 날아오면서 날갯짓을 멈추지 않는 작
은 새

어둠이 짙어질수록 불빛은 선명하고

기어가는 것

걸어가는 것

달려가는 것

날아가는 것

제 길 가는 모든 것들은 쓸쓸한 낯빛이야

이제야 새벽이 내 꿈을 켜네

스노우 볼

꿈이 많아서 하나도 온전한 꿈이 되지 않을 때
출구 없는 입구에서 길을 찾지 못할 때
막막함 같은 것
없는 출구를 잘도 만들어내는 그들을 엿보며
어디서부터 이 미로는 엉켰는지 알 수가 없다는 푸념,
기이하게도 팔다리가 자라 무성해져 몸에 갇힌 몸
팔을 자르고 다리를 잘라도 자꾸 돋아나는
몸이 벽이 되어 나갈 수 없으니 헛꿈 따윈 꾸지 마
처음부터 이곳은 진흙 벌이었으니
벗어나려 하면 할수록 점점 깊이 빨려 들어가는
내가 만든 감옥,
제대로 된 내가 아니어서
나 스스로 만든 미로
그러나 나가는 법을 잊어버린
비켜 갈 수 없는 일생일대의
과제이자 난제

레인보우 케이크

그러니까 내가
8월의 비 내리는 담Dam 광장을
오들오들 떨면서 걸었다고 말해도 아무도 믿지 않았어
소나기가 풍경을 지우고 바람 부는 암스테르담에선
패딩을 입어야 한다고 말해도,
고흐 미술관에서 3시간이나 줄을 섰지만
긴 줄이 좀처럼 줄어들지 않았는데
비바람은 11월처럼 파고들어서 돌아왔다고
으슬으슬 떨리고 신열이 올라
지하 호스텔로 돌아가
이불을 뒤집어쓰고 앓아누워 버렸다고
다음 날엔 안네의 집을 눈앞에 두고
긴 줄에 기가 질려
골목길을 되짚어 돌아왔다고
그날 얼떨결에 본 하늘에 무지개가 걸렸다고
동양에서 온 남자들이 길게 줄을 선
홍등가의 레인보우 페스티벌 풍선 아치 말고
자전거들 골똘히 생각에 잠긴 광장을 지나는데

멋진 두 남자는 키스에 빠져
무지개에 눈길조차 주지 않는 거야
그러니까
사랑을 엿봤다는 그런
거짓말 같은 이야긴 하지 않으려고
그래서 나는 내가 본 것을 꿀꺽 삼키고
모른 척하려고
내가 슬쩍 흘리는 여행담은
느낌표면 돼!

끄라손*
―극단 노뜰에게

너는 기억하지 못하겠지만
여긴 서커스장이었어
한때 이곳은 환상의 서커스가 펼쳐졌지
어느 날 환호성도 박수도 사라지고
사자도 코끼리도 어디론가 팔려 가고
피에로는 환한 눈물을 벗어 던지고 떠났다지
비바람으로 천막이 쓰러지던 밤이었을걸
냄비에 남은 닭고기 수프를 나눠 먹고
배앓이하던 누군가가 발소리를 들었다는 그 밤
뒤척이는 빗소리는 이불깃을 적시고
코끼리를 타던 어린 소녀는 빗소리를 타다 떨어지고
늙은 조련사는 빗방울을 빚어 공글리고 있었다지
분장실을 잃은 어여쁜 무용수는 어디 갔을까
아침이면 빗방울처럼 흩어져야 한다는 걸 모두 알고
있었지
깜짝이야
무대 위에서 서커스를 지어내고 있어
몰락한 서커스를

이야기도 없는 이야기 속에

왜 끼어드는 걸까

먼 곳에서 온 이방인이 가방을 열자

코끼리가 사자가 원숭이가 튀어나와

코끼리는 어린 소녀를 태우고 빙빙 돌고

코끼리의 까만 눈을 가만히 들여다보는 나는 어디서

왔을까

저 덩치 큰 코끼리는 대체 어떻게 왔을까

그가 데려온 슬픔까지

*Corazón. 마음, 감정(스페인어)

시월
—머그타이카*

붉은 여우가 나타난다는 밤이면 보름달이 떴다
아니 보름달이 떠오르면 붉은 여우가 나타난다고
했다
그 밤엔 흰 부엉이가 운다고 했다
하지만 흰 부엉이는 푸른 부엉이일지도 모른다고 한
다
사람들은 저마다 목격담에 열을 올리고
보지 못한 사람들은 전해 들은 이야기를 중구난방
떠들어서
도무지 무슨 이야기인지 알 수 없다고 한다
보름달이 지고 노랗게 태양이 떠오르면
사람들은 그늘처럼 모여들었다
목격담에 따르면 그 붉은 여우는 공작을 닮았다고
한다
그래서 처음 봤을 땐 공작인 줄 알았다고
하얀 목덜미와 꼬리, 쫑긋거리는 귀와 뾰족한 코를
보고서야
여우인 줄 알았다고

보름달이 뜨는 붉은 여우가 나타나는 날엔
자작나무에는 황금빛 잎사귀가,
공작 깃털 모양의 열매가 열리고
가문비나무에는 눈알 같은 열매가 주렁주렁 열린다고
붉은 여우가 우우 울면
보름달은 빨갛게 물들기 시작한다고
숨어서 그 광경을 보던 사람들은 자신도 모르게
하나둘 숲으로 들어가
맨발로 춤을 춘다고 한다
붉은 밤이라고 부르는 축제가 시작된다고 한다
축제는 사흘 밤낮 보름달이 일그러질 때까지 계속되고
붉은 여우가 떠난
아침이면 기억을 잃은 사람들이 붉은 여우에 대해
떠들기 시작하고
사람들은 죽음을 떠올린다고 전해져 내려온다

나는 손톱달이 뜬 새벽에도 붉은 여우를 볼 수 있다고
아무에게도 말하지 않았다

* taika. 마법(핀란드어)

시간을 파는 가게

어서 오세요!
녹색 문을 열고 들어오세요
저 파란 문 말고요
알록달록한 창문은 손대지도 마세요
잘못하면 시간이 녹아 버려요
눈치를 채셨겠지만 여긴 시간을 파는 가게예요
어떤 시간을 원하세요?
원하는 건 다 살 수 있어요
단, 물리지는 못해요
그러므로 선택은 신중하셔야 해요
티타임을 위한 시간
책 읽는 시간 낮잠을 위한 시간
청소하고 빨래하는 시간도 있어요
이상해요 사람들은 원하는 시간이 다 같아요
왜 같을까요?
그래서 너무 빨리 품절되는 시간이 생겨 버려요
그러면 균형을 맞출 수가 없는데…
늘 늦었다며 서두르는 토끼가 말해요

이크, 체셔 고양이의 얄궂은 저 웃음은 뭐지?
차 한잔하실래요?
그럼 티타임을 위한 시간을 먼저 구입하세요
그 사이에 나는 티포트에 뜨거운 물을 채울게요
여왕님이 오기 전까지 여유가 있네요

그런데 저 같은 일용직이 살 수 있는 시간이 있을까요
나를 싹 지우는,
살 수 있다면 어제 번 돈을 몽땅 드릴게요

미안하지만 여긴 정규직을 위한 가게예요
오늘은 누구 목을 자르려나
저기 헐레벌떡 토끼가 달아나요
홍학은 어디로 갔을까
여왕님은 화가 났고 쩔쩔매던 사람들이 모두 목을 만
져요
그럼, 오늘도 무사히!

마주침

어쩌다 열린 차창으로 들어와
빠져나가지 못한 새가 죽음으로 남았다

장미꽃 아래 묻었다

어쩌면 나는
너를 묻기 위한 인연이었던가
가슴이 뛸 때 마주치지 못하고

발버둥이 끝난 흔적을 치우고 있으니
감지 못한 눈 감겨 주고 있으니

단 한 번의 마주침을
거두고 돌려보낸다

세상에 없는 노래가 그림자로 날아오른다

유월
—노무현 12주기에

내가 좋아하던 그 애와
나를 좋아했던 그 애가 있었던 그 성당에서
언젠가 스쳐 지나간 당신을 나는 몰라요
아니 스쳐 지나간 거라 착각한 것인지 몰라요
나도 모르게 여러 번 스쳐 지나쳤을 당신,
나는 어렸고 당신은 어른이었으니까
어린 우리는 그저 당신을 빼앗아 간 그 시절을 미워했
어요
언젠가 스쳐 지났을지도 모를 당신
혹은 내가 알지도 모를 당신을
무성한 뒷말들, 후일담들이 돌림노래처럼 이어지고
죽은 자가 산 자를 불러냈던
들끓던 유월의 아스팔트 위에서 우리는 같은 방향으
로 걸었으나
파편으로 흩어졌죠
아득히 높았던 당신
조롱받고 비웃음을 사던 당신
이해받지 못하던 잘 알거나 잘 모르던 당신은

당신이 너무 일찍 왔거나
우리가 뭘 몰랐거나
조롱과 비웃음을 가면을 쓰고 버틴
나는 있고 당신은 없어요
파지로 남은 비망록은 뒤늦은 깨달음이고
깨달음은 늘 뒤늦은 조문이고
때늦은 그리움이죠

아바나, 비 그리고 부에나 비스타 소셜 클럽

몇만 킬로미터쯤 떨어진 곳에서 내리는 비가
내 옷자락을 적신다

나는 옷자락을 털며
혀로 날름, 내리는 먼지를 맛본다
어디선가 독한 바람의 향기가
어디선가 내리는 비가 저녁을 두드린다

마른 우산을 펼치고
젖어 가는 대기를 헤치고
나는 축축한 적도를 넘는다
발밑을 적시는 어둠이 짙어진다
얼룩진 불빛이 스멀거리며 다가온다

불안이 손을 이끈다
어둠 속으로
나는 이미 젖어
아무런 두려움 없이

비 내리는 먼 곳으로
경계에 다가간다
분별없는 밤이 비가 경계가
걸어간다 어둠 속으로

잡지 못하는 것은 잡을 수 없는 것이라서
낯설다
나는 오비포스* 골목 어귀에서
지나가는 바람을 물끄러미 보고 서 있다
한 발만 디디면 닿는 길마저
낯설다
여긴 어디인 걸까
잡히지 않는 구름이 하늘을 덮었다
접히지 않는 꿈이 땅 위에 흩뿌려진다

어디선가 기척이 달려와 옷자락을 끈다
멀지 않는 곳이다
내가 버린 꿈 누군가 살 수 있을까

닫혀 버린 상점 가득 미련 같은 것이 끈적거린다
버리고 간 발자국 같은 빗방울이다

*쿠바 아바나의 거리 이름

4부
먼 꿈

아침

누가 매달아 놓았나
저 무수한 별 사이 어둠은

전선에 걸린 나무는 무슨 생각을 할까
아직 떨고 있는 몇 잎 남은 나뭇잎은 어떤 생각을 할까
뛰어내릴까 말까

길 위에서 납작해진 뱀은
사위어 가면서 무슨 생각을 했을까

어떤 꿈, 어떤 바람이
꿈처럼 다가갈 수 있을까

이제 그만 내려가도 될까

꿈을 지우는 법

여기서 꿈꾼 적이 있나요? 그게 꿈을 꾼 것도 아닌 것
도 같아서 모호해요 모호함이야말로 꿈의 본질 아닌가
요 맥락이 있고 아귀가 맞는 꿈은 꿈이 아니에요 가짜예
요 꿈은 황당하고 어이없어야 제격인 거죠 그건 편견 아
닌가요 꿈이 왜 그래야 하죠 꿈에서 뭘 봤는데요 글쎄요,
글쎄란 무책임한 말 아닌가요 그런데 저한테 왜 그러세
요 왜 그렇게 공격적이세요 당신 누구에게 말하는 건가
요 여긴 꿈 안이에요 제가 누군지 알고 그러세요 그런데
누구신가요 지금 제게 말 거는 당신은, 얼굴도 없는 검은
덩어리인 당신은, 입을 열지 않았는데 말소리가 또렷하
게 들리는 당신은 대체,

꿈을 꾸었어요 기억이 나지 않는 꿈을 꿈 밖에서 꿈을
떠올리는 일은 쉽지 않아요 아침이 꿈을 덮어 버리거든
요 뭔가에 쫓기느라 밤새 도망 다녔는데 그 꿈은 애들 키
크는 꿈이잖아라고 말하는 건 너무나 성급한 일반화의
오류가 아닐까 하는 것이 제 견해예요 꿈은 뭉개져 날아
가 버리는 일이 많거든요 특히 얼굴요 눈 코 입이 없는 상

대와 이야기를 나눈다는 건 있을 수 없는 일이잖아요 그
는 입이 아닌 뭘로 이야기한 걸까요 그 이야기를 어떻게
들을 수 있죠? 그런데 그라니 그가 사람이라고 단정 짓는
거잖아요

사람이 아니라면 뭐죠? 말할 수 있는 것이 때론 형체 없
는 것이 더 두려운 거잖아요 이를테면 어둠 같은 것 덩어
리진 어둠 혹은 암흑 아니면 검정 같은 건 괜히 무섭잖아
요 생각해 봐요 이상한 기운을 감지하고 뒤돌아봤는데
검은 어둠 덩어리가 있으면 얼마나 공포스러울까요 제가
경험한 건 아니고 꿈을 꾼 건 아니고 그냥 상상한 거예요
꿈은 그런 덩어리가 아닐까 하고요 아침이 지워 버린,

생각

하나 둘 셋 네 마리다
본 적 없는 까만 벌레들이 자꾸 나타난다
바닥을 기어 다니고 벽을 기어오르고 날기까지 하는
저 벌레들은 대체 어디서 나타나는 걸까
팔과 다리를 타고 스멀스멀 기어오르더니
손이 닿지 않는 등 뒤를 기어 다닌다
벌레와 벌레는 꼬리에 꼬리를 물고
발끝에서 머리끝까지
이제 살갗을,
온갖 것들을 파고드는 저 까만 벌레는 뭘까
읽던 책을 덮고
노트북을 덮고 잠깐 이 벌레에 집중한다
벌레는 점점 어두운 곳으로 고인다
벌레들은 어느새 탑이 되고 기둥이 된다
고여 있다는 것
빠져야 하는 곳에서 빠지지 못하는 것
흘러가야 하는데 흘러가지 못하는 것이
의지와 상관없이 가로막은 생사의 갈림길임을

모든 것을 제자리로 돌려놓으려면
햇볕과 바람과 시간은 얼마나 필요한 걸까

꿈꾸지 마라
그런다고 꿈이 안 꿔지던가요
생각하지 말라고 생각이 안 나던가요
당신 마음이든 내 마음이든
생각대로 되지 않는 게 생각이지요

투명해지는 시간

내가 아이일 적에 할머니는
자정은 귀신이 잠에서 깨어나는 시간이라며
일찍 잠으로 내몰았지
어쩌다 시계 종이 열두 번을 울릴 때
나는 이불을 뒤집어쓰고 자는 척하기도 했지
어쩌다 제삿날이면 본 적 없는 할아버지를 볼 수 있
을까
제사상 주변을 알짱거리다 혼나기도 했는데
귀신이 먹었다는 젯밥이 그대로인 걸 보고
실망하기도 했는데
옷자락도 발자국도 보이지 않는 할아버지를 배웅하
는
아버지는 몹시 낯설었지
밤에 손톱을 깎는 게 아니라는 할머니 말을 잊고
손톱을 깎은 밤에는
꿈속에서 귀신을 피해 밤새 도망 다니기도 했지
새빨간 눈을 한 여자이거나
눈도 코도 없이 휑한 그것이

나를 삼키려 달려들었고
나는 그것을 피해 밤을 달렸지
햇살이 나를 흔들어 깨우면
꿈에서 겨우 빠져나온 나는 지쳐 버렸고
아침부터 칭얼거렸지
엄마는 영문도 모르고 투정에 시달렸지
귀신은 있는 걸까
여전히 나는 밤길을 무서워하고
자정을 무서워하는데
귀신보다 무섭다는 사람을
더. 무. 서. 워. 한. 다. 지.

가해자와 피해자

나뭇잎이 바람에 흔들린다고
바람을 나뭇잎이 비집고 들어가는 건 아니고
우리가 진실이라 믿었던 것이
실은 아닐지도 모른다는 것,
알고 보니 가해자와 피해자가 뒤바뀐 경우 말이지
대놓고 욕했던 게 미안하지만
피해자인 가해자의 상처는 돌이킬 수 없거든
빨강이라 믿었던 것이 알고 보니 파랑이었다는 것도
눈에 보이는 것이 다가 아니야
지금 옳은 것이 다 옳은 것이 아니야
진리는 부동이 아닌 유동성이야
다만 그렇게 적어 놓은 글을 보는 날이
내일이 아니길
나뭇가지에서 시간이 떨어진다
한 철의 기억을 안고 돌아가는 모습,
파장을 남기고
소리 없이 돌아가는,
허공을 가르고 뜨겁게 돌아가는,

제자리로 돌아가는 풍경이

사뭇 진지하다

어느 길에서 표류하는 시간도 있다

배회하며 부서지며 사라지는 기억이

저장되는 곳은 허공의 틈, 혹은 지층 어디쯤

퇴적층으로 잠들었다가 백만 년 후 누군가 흔들어 깨
우면

먼 어제 이야기를 들려주려나

마치 잠을 깬 아이처럼

뒤늦은 깨달음처럼

11월, 밤 그리고 기차

오늘 이야기가 될 것 같은 밤이니까
누가 노크해도 아무런 의심 없이 문을 열 수 있어
아이들만 이야기를 사랑하는 건 아니야

어서 와 머그잔에 곱은 손을 녹이고
저 검은 짐승 이야기에 귀를 기울여 봐
반짝이는 별 하나 그저 주워 갈 수 있을지 모르지
11월 밤이니까

기차가 달려오네
기차 창밖으로 빛은 스쳐 가고
기차는 어둠 속으로 달리지
밤과 저 기차는 어쩌다 친해진 걸까
사람들은 눈을 감거나 무심하게 휴대폰에 눈길을 두
거나
맥락 없이 차창 밖으로 시선을 두곤 해
어쩌나 차창에 비친 사람과 눈이 마주쳤어
서로 머쓱한 시간,

역이 가까워지자 사람들은 서둘러 외투를 걸치고
가방을 다독여
정차 역에서 빠르게 내린 사람들은
서두른 기색을 털어내고 한결 느긋한 걸음으로
에스컬레이터에 올라 느슨한 표정이야
기차는 서둘러 다음 역을 향해 달리지
뒷모습만 남기고 가는 사람들을 두고
떠나는 기차는 어떤 표정일까
그 표정을 본 적 있니
기차는 밤으로 달려가네
밤으로 달리는 기차는 무얼 본 걸까

어떤 상상은 만지작거리기만 해도
터져 버려 흘러내려

평균적으로 안정적

어떤 흔적이 다녀갔나
멀리서 개 짖는 소리가 들린다
나뭇가지 끝에서 나뭇잎에 내려앉은 햇살을
털어내는 바람이 또 무언갈 데려왔나
어느 나무에서 새가 평균적으로 안정적으로
소리를 전달하는 중,
별일 없음 혹은 감지되는 이상 기운 없으므로
벌이 날아와 잠시 쉬려고 시도 중,
바람이 그 시도를 방해하는 중,
어떤 달콤함에 이끌려 왔는지
숱한 날갯짓이 윙윙 소리를 낸다
가지에서 가지로 바삐 기어가는 무당벌레
창밖 큰 나무에선 대체 얼마나 많은 일이 벌어지는지
무심하게 저를 내어 준 나무는
말이 없다
다만 바람이 너무 길다
다들 소리에 예민해지는 시간,
밤이 내려앉고

먼 길에 차 소리도 잦아들어
개 짖는 소리마저 잠에 빠지면
일제히 묵언수행 중
쉿, 바람도 침묵할 것
가끔 나무 바닥 갈라지는 소리 툭,
물 한 방울 떨어지는 소리 툭,
삐걱거리는 의자 소리

저기 배경 음악이 필요하지 않아요
견딜 수 없는 이 고요를
슬쩍 밀어내지 않을래요
고요를 잘 모르겠어서
조금 더 그냥 둬 볼래요

누군가 나무계단을 걷는 소리
모르는 사이 슬며시
눈앞에 없는 소리들로 채워진다
어느새 내가 소리가 된다

나는 너무 시끄럽다

먼 꿈

문득 잠에서 깬 아이는
흐릿한 눈을 비비고
엄마를 부르며 울기밖에 할 줄 모른다
부를 이름조차 잊은
기억의 건너편 저 어둠뿐인 세상 밖에서
불빛이 비치는 풍경은
따뜻하기도 해라
나는 또 어디로 발걸음을 옮겨야 하나
길잡이별조차 없는 어둠 속에서
가만히 혼자 걷는 이 길이 멀기도 하다

소리에 빛깔이 있다면

소리에 빛깔이 있다면
이 방 안에 가득한 고요는
창밖에서 가끔 들려오는 자동차 소리는
세탁기 빙빙 돌아가는 저 소리는
벽 너머 들려오는 누군가 씻는 물소리는
타닥타닥 글을 쓰며 내가 만드는 소리는
주전자에서 물 끓어오르는 저 소리는
아침 산책길에서 만난 나팔꽃 벙그는 소리는
참새 떼 달음박질하듯 나무를 옮겨 가며 지저귀는 저
소리는
온종일 라디오에서 들려오는 음악 소리가 방 안에 가
득할 때
그 색들은 무슨 빛깔이어야 할까
그저 가기 서운했던가
검정 비닐을 데리고 가는 저 바람의 색은 또,
지금 후두둑 떨어지는 소나기
저 빗방울 소리는 어떤 색일까
소리에 맞는 색을 찾아 주느라

나는 종일 햇살을 켠다

오래된 시

한때 빛났던 문장이었으나 낡아 너덜거리는
아이들이 말하길 라떼 같다고
그게 칭찬인 줄 알았으나 나 때는 말이야를 빗댄 말이
라고
말을 말아야
낡은 부품을 갈아 끼우듯
묵은 때를 벗겨내듯
천을 덧대 깁듯
그렇게 고쳐 쓸 수 있을까
그러나 사람은 고쳐 못 써라는 말
이렇게도 쓸 수 있었구나
문장을 걸어, 시어 사이를 헤집고 다녀도
거짓말과 헛소리, 그리고 과거형일 뿐
어제의 영광 따윈, 지난한 과거에 축배를!
헛꿈 꾸지 마! 다 철 지난 이야기일 뿐!
최선을 다해 낡아 가는 중인 어제에
라떼는 라떼
나 때는 나 때로, 한때 쓸모 있었을 오랜 것들에게

머리 숙여 경배를,

과거형이 현재형을 거쳐 미래형이 되는 건 쉬운 일,

다만 시간은 그렇게 흘러가지 않을 뿐

달의 발자국

어라, 달이 누웠네
흔들리는 강 위에
누가 달을 좀 건져 와 줄래
혹시 발버둥 칠 수 있으니
잘 달래서 데려와야 해
달은 도시가 너무 소란스러워 싫다고
그래서 고요한 곳을 찾아다닌다고
그러니 제발 내버려 달라고 말할지도 몰라
그럼 맞장구쳐 줘야 할 거야
그러곤 조곤조곤 잘 설득해서 데려와야 할 거야
제일 높은 아파트 꼭대기 층에
누울 곳을 찾아 두었다고
그곳에선 서늘한 자작나무 숲이 보이고
오래된 하늘이 잔잔하여
흔들리는 바람을 볼 수 있다고 말해 줄래?
달이 화를 낼지도 몰라
완벽한 휴식이니 방해하지 말라고
그건 완벽한 휴식이 아니라고

강에 누워 있는 건 돌아누울 수도 없는
아슬함이어서 흔들리는 것이어서
발자국을 남길 수 없다고 잘 말해 줄래?

빨리 감기

오늘은 바람이 비스듬히 불고
먹구름이 하늘을 먹어 치웠다
달리 갈 곳도 없어
잠깐 빌린 집에서 빈둥거리기로 한다

바다는 오늘 행선지에서 지운다
그도 무척 분주할 예정이므로
카페 마레1440 앞 노란 자전거도 기억에서 지운다
평대리 바닷가의 웃는 의자도 못 본 척하기로 한다
바람이 해변 편의점 의자를 넘어뜨렸으므로
오늘은 그렇게 넘어져 있기로 한다
바닷가 집 유리창은 닦아도 닦아도 지저분하다
그걸 믿고 거울도 닦지 않기로 한다

일기예보는 밤부터 비가 올 거라 했다
바다와 가장 가까운 곳부터
시간을 빨리 감아 놓았나
아침부터 한두 방울 눈치 없이 떨어진다

비라고 부르는 것들이

혼자 걷는 길

별안간 나를 찾아온 뜬소문
소문이란 거침없어서
빠르게도 번진다
뜬소문 몇 개 공처럼 굴리며 걷다가
구덩이를 파서 묻고 돌아서 오기로 한다
더듬이를 세우고 처음 걷는 길
어디서 속도를 높이고 어디서 회전하는지
어느 지점에서 갈림길이고
갈림길에 이르면 어느 방향으로 길을 잡아야 하는지
아무것도 모를 때
그렇게 헤맬 때가 있었다고
끝과 시작을 아는 길은 지루했다며
흘겨보는 바람을 따라 걷는다
바람 끝에 뭐가 있을까 물었는데
대답 대신 머리채만 흔든다
산을 걸어 내려온 바람은
낯선 곳에 나를 내려놓고 저 혼자 걸어갔다
키가 큰 가문비나무 아래

바닥을 열어 구덩이를 파고 나를 흘려보냈다
내가 흘러갈 때까지 그리하여 고일 때까지
나는 가만히 지켜보고 있었다

나 제법 완전해진 걸까

바다 책방

내 질문이 책장과 마주칠 때
어쩌다 눈에 들어온 책을 펼친다
답을 얻지 못한 무기력한 독서가
책상에 주저앉는다
지나가던 바람이 책장을 넘긴다
이 바람에는 여름 맛이 난다
문을 활짝 열고 바람을 들이자
여름 바다가 들이친다
아직 사월인데
하필 표지가 파란색이어서
책갈피에 묻어 있던 파랑이 바다를 데려오고
나는 책상에 엎드려 바다를 걷고 있다니
이건 언제 적 기억인 걸까
섬이 혼자 떠돌던 여름이라니
그해 여름 내겐 어떤 일이 생겼을까
하늘에 비행기가 날아가고
묘한 얼룩이 발생한다
나는 기시감 같은 거라 생각했다

무성의한 독서를 바람에 맡기자
바다는 홀로 골똘했다

그리고
섬이 하나둘 돋아났다

가벼워지는 시간

며칠째 이어지던 파랑주의보
세화항에 매어 둔 배가 꿈틀거렸다
배와 배는 깊은 파도에 저를 맡기고
배와 선착장 사이 부표와 고무 튜브가
몸을 비벼대며 괴성을 내질렀다
바다에서부터 뒤척이던 몸부림이 잦아들자
덩달아 바람이 잦아든다
악몽을 벗어난 바다가 웅크렸던 몸을 풀고
햇살마저 차분해지는 시간
겹겹의 파랑은 하늘빛을 더해 청록으로
짙어져 가는 중
혹은 침잠해 가는 중
오랜 시간 식어 온 바다는
몇천 년쯤은 아무것도 아니라는 듯
낯빛조차 변하지 않았다
그러니까 변하지 않았다는 건 인간의 관점이고
바다를 본 적 없는 하늘을 조금씩 물들여 가는 중이
어서

조금씩 낡아 가는 중인 거다
아무도 눈치채지 못할 뿐
저를 묻고 있는 거다
그렇게 조금씩 가벼워지는 거다

슬픔의 침묵과 그것을 넘어서는 법

진기환(문학평론가)

　　장시우의 세 번째 시집 『이제 우산이 필요할 것 같아』는 여러 소리들로 가득하다. "빗소리"(「무지개처럼 비가 내린다면」)와 "밤이 오는 소리"(「풀문 서비스」)처럼 자연물의 소리에 귀를 기울이는 것은 물론이거니와 "소리에 맞는 색을 찾아 주느라"(「소리에 빛깔이 있다면」) 여념이 없으며, "발소리만으로 기척을 눈치"(「검은 개와 눈이 마주친 순간」)챌 정도로 소리에 예민하다. 이러한 태도는 이전 시집에서 그러했듯 소리를 통해 존재의 안부를 묻고, 고요의 틈 속에서 깊은 속울음을 찾는 시인 고유의 시적 방법론[1]인데, 이번 시집에서는 「소리가 보이는 방」, 「소리를 들이다」, 「평균적으로 안정적」 같은 시가 그러한 방법론을 적극적으로 구현한 것으로 보인다. 그 중 한 편의 시를 살펴보자.

---

　1 김정남, 「소리의 집」, 『벙어리 여가수』 해설, 문학의전당, 2017, 111쪽.

저기 배경 음악이 필요하지 않아요

견딜 수 없는 이 고요를

슬쩍 밀어내지 않을래요

고요를 잘 모르겠어서

조금 더 그냥 둬 볼래요

누군가 나무계단을 걷는 소리

모르는 사이 슬며시

눈앞에 없는 소리들로 채워진다

어느새 내가 소리가 된다

나는 너무 시끄럽다

　　　　　　　—「평균적으로 안정적」부분

　시의 화자는 배경 음악을 필요로 하지 않는다고 말
하며 고요를 깨지 않으려 노력한다. 그 자리에서 "어
떤 흔적이 다녀갔"는지를 살피고 그 고요를 견딤으로
써 "어느새 내가 소리"가 되어 "나는 너무 시끄럽다"
는 성찰에 도달한다. 이러한 성찰은 "소리에 대한 내밀
한 탐구이자 존재성 고구의 한 방법론"[2]으로서 장시
우 고유의 시적 태도라 할 수 있다.

---

2 같은 글.

그런데 이번 시집에서는 이러한 소리에 대한 탐구 말고 눈에 띄는 것이 하나 더 있다. 그것은 바로 슬픔이다. 슬픔을 유발하는 것은 다양하겠으나 이 시집에서 슬픔은 "온갖 것들을 떠받치고 있던 세계라고 부르던 것들이 무너"(「바람 발자국」)져서 "출구 없는 입구에서 길을 찾지 못"(「스노우 볼」)한 것에 기인한다. 안전하리라 믿었던 여러 가지 시스템이 무너진 우리네 상황에 대한 유비로도 읽힐 여지가 있는 이런 문장들은, 시인이 말하고자 하는 슬픔이 단순히 개인적인 것에만 국한된 것이 아님을 추론케 한다.[3]

　이렇게 세계가 무너져 빛을 가리고 출구가 사라진 자리를 대체하는 것은 까만 밤이다. 그래서 장시우에게 슬픔은 "밤"이나 "어둠 속"이 아니면" 볼 수 없는 것으로서, 침묵과 고요를 동반한다. 그러나 시인은 그러한 슬픔 속에서 "반짝이는 별"(「11월, 밤 그리고 기차」)을 찾으며, 고요를 견뎌냈듯 담담히 슬픔을 견뎌내려 한다.

　3　그러나 이 글에서는 지면 관계상 자세한 것은 말하지 않고, '슬픔' 자체에만 집중하고자 한다.

밤은 낮고 무겁고 깊은 온도

밤은 왜 파랗게 왔다가 검어지는 걸까

시간이 스위치를 켜면

빛나는 것들이 더 반짝이게 하는 밤

외로운 것들을 더 외롭게 하는 밤

순진한 것들이 더 순진한 척하게 하는

밤은 왜 슬픈 것들에게 더 절실할까

어둠을 파헤쳐 빛을 얻을 수 있다면

지구의 내핵까지 파고 들어갈

힘없는 것들이 땅을 파고들지만

제 둘레만 붉게 물들이고 마는 것

알고 보니 허공에 대고 한 헛발질이었다는 것

—「꿈을 기억하는 법」 부분

때가 이르러 "시간이 스위치를 켜면" 밤은 도래한
다. 밤은 외로운 것들을 더 외롭게 하고, 순진한 것들
을 더 순진하게 한다. 주목할 것은 "밤은 왜 슬픈 것
들에게 더 절실할까"라는 표현이다. 위에서 말했듯 장
시우에게 밤은 슬픔 뒤에 조용히 도래하는 것이다. 그
렇다면 그러한 "어둠을 파헤쳐" 어둠의 "내핵까지 파
고 들"어간다면 슬픔에 도달할 수 있을까. 애석하게도
누군가의 슬픔은 "타인의 기도(「알 게 뭐야」)"처럼 잘

감각되지 않는다는 사실을 장시우는 너무나 잘 알고 있다. 우리가 슬픔의 내핵에 닿으려 하는 노력은 "허공에 대고 한 헛발질"과 같다. 왜냐하면 슬픔을 언어로 표현하는 순간, 그 슬픔은 언어라는 사슬에 갇히게 되기 때문이다. 시는 이 오래된 명제와 싸워 왔고, 보다 정확한 슬픔을 표현하기 위해 노력해 왔다. 그러나 무수히 많은 시인들이 정확한 슬픔을 말하는 싸움에서 패배했고, 우리는 언제나 시인들의 분투를 통해 도달한 슬픔의 근사치만을 읽어 왔다. 장시우는 이 싸움에 참전하지 않는다. 그는 "어둠이라 부르는 것은 틈이 많아/무수한 것들이 끼어 있다"(「라디오와 말똥가리」)는 사실을 잘 알기 때문이다. 그렇다면 그는 언어를 통해 세상과 감정을 보다 명징하게 표현하려는 시인의 고유한 숙명을 저버리려는 것인가? 결론부터 말하자면, 그는 슬픔을 각종 수사를 통해 표현하려 하지 않는다. 다만 "침묵으로" 슬픔의 "곁을 지"키며(「어느 날의 지구」) 슬픔의 대상을 고요하게 위로할 뿐이다.

> 오늘 저 달은 무력하다
> 늦은 밤 강남역이
> 불빛에 무너져 내린다

밤에 취한 거다

하나둘 꺼지는 청춘들

나른하게 바코드를 읽던 포스가

잠시 숨 고르기 하는 사이

창밖으로 발걸음을 재촉하는 다리들

쭈그리고 앉아 바닥을 보다가

고갤 들어 차고 시린 밤의 민낯을 본다

아직 꺼지지 않은 불빛들

우툴두툴한 낯섦을 만진다

어째서인지 슬픔이 만져진다

슬프다는 것 외롭기에 알 수 있는 것

함께 슬퍼한다거나

슬픔을 나눈다는 건 말장난일 뿐

슬픔은 고요히 가라앉는 것이므로

가만히 집중하는 것이므로

혼자가 어울린다

그리하여

오늘 무력한 달의 인사 따위 받지 않기로 한다

— 「알바몬 24시」 전문

시의 제목과 바코드를 읽는다는 시의 정황상 화자
는 편의점에서 아르바이트를 하는 사람으로 보인다.

아르바이트를 하던 화자는 잠시 쉬는 시간에 밖으로 나와 강남역의 하늘을 바라본다. 하늘에는 달이 떠 있고, 그 달을 무력하다고 느낀다. 그것은 자기 자신이 무력하기 때문일 텐데, 무기력한 화자는 달에서 "낯섦"과 "슬픔"을 만진다. "슬픔"이라는 추상적인 단어가 여과 없이 그대로 사용되는데, 이러한 추상어의 사용은 장시우 시의 주된 특징 중 하나다. 이러한 추상어가 그대로 사용되는 이유는, "슬픔을 나눈다는 것은 말장난"일 뿐이라는 생각에서 기인한다. 일반적으로 누군가의 슬픔에 주목하고, 그것을 명징하게 표현하는 것은 그 슬픔을 나누고 연대의 길을 여는 것이라 여겨진다. 장시우는 그것에 반기를 들며 슬픔은 슬픔 그대로 둬야 의미가 있는 것이라 역설한다. 타인의 슬픔에는 닿을 수 없고 그것은 언어라는 관념의 세계에서만 가능하다는 것이다.

달은 그런 시인의 슬픔에 대한 은유다. 달을 바라보며 태양의 빛을 간접적으로 체험하는 것처럼, 시인은 언어라는 매개가 없이는 '슬픔'이라는 태양과 직접 마주할 수는 없다. 그래서 장시우는 "당신이 빛이라고 생각한 그것은 빛이 아닐 수도" 있으며 "어디선가 반사된 환영 같은 것"(「게으름뱅이의 별」)이라 말한다. 장시우에게 시인은 타인의 슬픔에 대해 그저 "현실과 현실 사이를 채워 줄/부재하지만 있음직한 달콤한 부조리 같은"(「무수한 틈을 채우는 빛과 어둠」) 상상을 하며, "완전하지 못한 것들이,/불안한 것들이 분투할 때"(「달이 되는 시간」)를 조금 늦되게 포착하는 존재인 것이다. 위에 인용한 시에서 "달의 인사 따윈" 거부하는 것은 이러한 한계에 대한 시인의 쓸쓸한 자조다. 그럼에도 언어를 통하지 않고는 말할 수 없는 장시우는 자신을 "허공을 향해 짖"는 "다다르지 못한 갈망"(「검은 개와 눈이 마주친 순간」)을 지닌 슬프고 서글픈 존재라 느낀다. 장시우의 시에 등장하는 달들(「사적인 달」, 「달이 되는 시간」, 「풀문 서비스」)은 이러한 시인의 슬픈 운명을 보여 준다.

그러나 슬픔에 정확하게 도달하지 못한다고 하여 계속해서 침묵만 하고 있을 수는 없다. 장시우 또한 침묵에서 더 나아가 조금이라도 근사치의 답을 찾아 나가고자 한다는 사실을 알고 있다. 슬픔을 침묵하는 일이 감정에 대한 윤리일지는 모르지만 시인의 윤리는 아니기 때문이다. "누군가 땅을 파내 구하지 않으면/밤은 영영 떠오르지 않을지"(「답은 바람이 알지」) 모른다. 시인은 땅을 파내고 슬픔을 마주하려는 존재이므로, 비록 침묵으로밖에 그것을 전할 수 없을지언정 시인은 노력해야만 한다.

침묵은 조금 남아 있으니 이건 어떠신가요

길항작용이 있어 좀 그런가요?

신중한 생각과 같이 복용하시면 그다지 나쁘지 않을

거예요

<u>그러나 오래 복용하면 내성이 생겨 점점 힘들어질 거</u>
<u>예요</u>

— 「민들레 약국」 부분(밑줄은 필자 강조)

인용한 시의 화자는 "슬픔을 주문하셨나요?"라고
물으며 감정을 처방해 주는 민들레다. 민들레는 우울
을 처방해 달라는 환자의 요구에 "우울은 극약"이라
답하며 "침묵"을 권한다. 그런데 침묵에 대해 "신중한
생각과 같이 복용"하면 그다지 나쁘지는 않다고 말하
면서, 오래 복용하면 내성이 생긴다고 답한다. 여기서
내성이란 장시우가 본인의 시적 태도에 대해 반성하
는 것으로 읽힌다. 슬픔에 대해 정확히 표현할 수 없
을지라도 그것과 거리를 두고 조용히 침묵하는 일은
결국 거기에 멈춰 버리는 일이고, 자칫하면 시의 본령
과 거리를 둔 시인의 변명으로 읽힐 여지가 있다. 장시
우는 그 사실을 알고 슬픔을 침묵하는 일에 대한 내
성을 우려하며, 거기에서 더 나아가 슬픔을 정확하게
표현하는 방법에 대해 골몰한다. 장시우가 택한 방법

은 그가 지금까지 천착해 왔던 '소리'다. 위에 인용한 시의 뒷부분을 살펴보자.

> 바람 부는 날은 환자가 많아서 약이 빨리 떨어져요
> 햇살이 모자라서 더 만들 수도 없고요
> 새소리 물소리 바람 소리를 골고루 배합해야 하는데
> 바람 소리만 쏟아져 들어가 버리니까 힘들어요
> 아 빗소리도 넣어야 하는데 요즘 비가 안 와서요
> 지난겨울 모아 둔 눈 내리는 소리를 좀 녹여서 써야 할까 봐요
> 이상하죠? 소리로 감정을 만든다니
>
> —「민들레 약국」부분

소리에 감정을 녹여 슬픔에 도달하는 것, 그것이 장시우가 선택한 방법이다. 그런데 이 소리를 듣는 행위에 변화가 엿보인다. 장시우가 이전 시집들에서 선보였던 소리를 듣는 행위는 서두에 언급한 것처럼 고요의 틈 속에서 존재의 내면성을 찾는 것으로 사용되었던 것이다. 그런데 이번 시집에서의 소리는 고요라는 '진공 상태'에서 벗어나, 소리가 주는 타인의 기척을 살피는 데 쓰인다.

누구세요?

아무도 없는데 문 두드리는 소리가 들린다

지나가던 비, 바람 같은 것이

슬쩍 왔다 간다고 기척을 남기고 가는 것일지도

당신은 문은 꼭꼭 닫아걸었고

누군가 문을 두드리면

작은 렌즈로 왜곡된 불안을 확인한다

웅크리고 앉아 손톱을 물어뜯거나

소심하게 라디오 스위치를 on으로

볼륨은 최대한 낮춘다

여전히 비는 내리고

오갈 사람 없는 바람 부는 밤인데

누군가 문을 두드린다

누구세요?

바깥엔 아무도 없는데 문을 두드린다

낯선 이와 잠시 스친 불운이 무서웠던

당신은 불신이 깊어졌고

당신의 기쁨과 슬픔은

다른 시간 다른 세상 일이 되었다

당신은 아직 집을 나서지 못하고

보이는 것만 믿는 사람이 되었다

당신에게 유리창은 없어지고 견고한 비밀만 늘었다

누구세요?
문 앞에서 문을 열지 못하고
당신은 안과 밖을 고민한다
고민만 한다

―「자발적 자가 격리」 전문

화자는 아무도 없음에도 불구하고 누군가의 "문 두드리는 소리"를 듣는다. 문을 꼭꼭 닫아걸어 자신의 기척과 불안을 숨기려 해도, 소리가 개입된 이상 "불안"은 "확인"될 수밖에 없다. 화자는 그 불안을 가리려 "라디오 스위치를 on"으로 돌린다. 비록 볼륨을 최대한 낮출지언정 고요라는 '진공 상태'로부터 벗어나고자 한다. 글의 서두에 언급한 전작들의 경향을 계승한 시가 배경 음악을 필요로 하지 않고 고요 속에 머물렀다면, 이 시는 배경 음악을 인정하며 '진공 상태'라는 문밖으로 벗어나려는 의지를 보여 준다. 화자의 내부에서 외부로 듣기의 방향이 전환된 것인데, 이러한 전환은 생각보다 큰 의미를 가진다.

듣는 일은 타인에게 다가가는 첫걸음이자 타인의 삶을 이해케 하는 첫 단추가 된다. 듣지 않으면 알 수 없고, 알 수 없으면 이해할 수 없다. 여기서의 듣기는 타인의 목소리를 의식적으로 귀 기울여 듣는 것을 의미한다. 다시 말해 들려오는 소리를 무의식적으로 듣는 일(hear)이 아니라 그것을 듣고 적극적으로 사유하는 일(listen)을 말하는 것이다. 장시우의 기존 시에서 자연물들의 소리를 듣는 것이 전자에 해당했다면,「자발적 자가 격리」에서 감지되는 듣기는 후자에 해당된다. 비록 고민만 할 뿐 행동으로 옮기지는 못하지만 그러한 "자발적 자가 격리" 상태에서 벗어나려는 의지를 보여 줬다는 점이 중요하다. 그리고 아래의 시는 여기에서 더 천착한 지점을 보여 준다.

> 양철지붕에 비 긋는 소리 듣는
> 낯익은 듯 낯선 저녁
> 귀 기울이다 익숙해진 소리들 사이
> 벽을 넘어온 보일러 소리가 방을 흔든다
> 혈관에 피가 도는 소리 같은 거
> 기척을 보낸다는 것
> 살아 있다는 고백 같은 것
> 잠잠해진 가습기를 건드린다
> 기다렸다는 듯 물방울을 뿜는다
> 너도 살아 있구나
> 라디오 전원을 넣고 볼륨을 올린다
> 어댑터와 규칙적이거나 불규칙하게 엉킨 전선을 타고

사람이 오고 음악이 흐르고
숨어 있던 소리들 쏟아진다
　　　―「양철지붕에 비 긋는 소리」 부분(밑줄은 필자 강조)

　시의 화자는 "익숙해진 소리들 사이"에서 "보일러 소
리"를 듣고 거기에서 "혈관에 피가 도는" 것 같은 느낌
과 "살아 있"음을 느낀다. 화자는 보일러를 향해, 가습
기를 향해 "너도 살아 있구나"라고 말하는데, 여기서
주목해 봐야 할 건 "너도"라는 표현이다. "너도 살아 있
구나"라는 말은 이미 살아 있음을 느끼고 있는 '나'를
전제한 말이기 때문이다. '살아 있는 나'는 "라디오 전원
을 넣고 볼륨을 올"리고 "숨어 있던 소리"에 집중한다.
숨어 있는 소리는 사람들의 소리로서 그것을 듣는 행
위는 문을 열지 못했던 「자발적 자가 격리」의 시적 화
자와 대비된다. 이 화자가 듣는 라디오에는 수많은 사
연들이 있을 것이고, 화자는 그것에 귀 기울이며 그것
을 느낄 것이다. 더 이상 '익숙한 소리'만 듣는 것이 아
니라 그동안 듣지 않았던 타인의 목소리에 귀를 기울이
는 것, 그것은 "오갈 사람 없는 바람 부는 밤"(「자발적
자가 격리」)에서 벗어나 화자를 타인의 슬픔과 조우하
게 할 것이다.
　"흉터가 깊은 사람이 사람을 껴안는 법"(「달이 되는

시간」)인 것처럼, 슬픔을 말하는 법에 대해 이토록 골몰한 시인이 앞으로 어떤 슬픔을 펼쳐 보일지 궁금하다. 물론 그러한 시인의 노력이 앞으로도 "다른 시간 다른 세상 일"(「자발적 자가 격리」)이 되고, "서로 어긋난 방식으로 이해"(「이제 우산이 필요할 것 같아」)하는 일이 될 수도 있을 것이다. 그럼에도 불구하고 시인은 슬픔에 관심을 갖고 그것을 표현하고자 노력하는 일을 포기하지 않을 것이다. 왜냐하면 시인은 그러한 슬픔을 자기 삶의 목적 삼는 사람이기 때문이다. "푸른 밤빛이 짙어 갈수록/별이며 달은 더 빛이"(「달이 되는 시간」) 나는 것처럼, 슬픔에 대해 말하기 어려울수록 시인은 더욱 그것을 말하기 위해 분투할 것이다. 그러므로 이러한 시인의 처절한 슬픔의 고백을 읽은 당신에게 묻는다. "당신은 어떨까/수많은 당신들 가운데 있는 당신은"(「게으름뱅이의 별」) 얼마나 슬픈가. "이 이야기책을 덮는 건 당신"(「무수한 틈을 채우는 빛과 어둠」)이기에 나는 당신의 슬픔이 듣고 싶다.

이제 우산이 필요할 것 같아

2021년 12월 10일 1판 1쇄 펴냄

지은이   장시우

펴낸이   김성규

편집   김은경 김도현

디자인   김동선

펴낸곳   걷는사람

주소   서울 마포구 월드컵로16길 51 서교자이빌 304호

전화   02 323 2602

팩스   02 323 2603

등록   2016년 11월 18일 제25100-2016-000083호

ISBN 979-11-91262-79-7 04810

ISBN 979-11-89128-01-2 (세트)

* 이 책은 원주문화재단 문화예술지원사업의 지원을 받아 출간되었습니다.